8°Ye

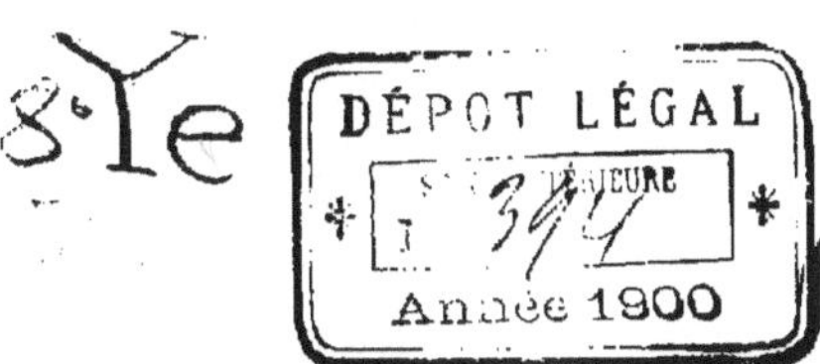

Il n'a été tiré, de cet ouvrage,
que 125 exemplaires pour toute la France.

Les Épitaphes

BIBLIOTHÈQUE NATIONALE IMPRIMÉS

Pour toute poésie plus importante ou concernant
particulièrement une personne défunte, s'adresser
à M. Georges BERTRAND, chez M. MICAUX, 20, rue
Jules-Lecesne, au Havre.

Prix de la ligne : 0 fr. 50.

PETITS GARÇONS

BIBLIOTHÈQUE NATIONALE
B F
IMPRIMÉS

Il s'en est allé sans cause,
Pâle, pâle, doucement ;
Mais sa petite âme rose
Là-haut librement éclose
Fleurit éternellement !

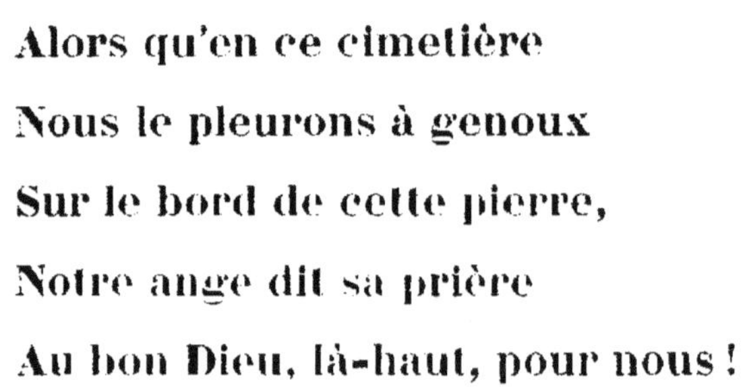

Alors qu'en ce cimetière
Nous le pleurons à genoux
Sur le bord de cette pierre,
Notre ange dit sa prière
Au bon Dieu, là-haut, pour nous !

BIBLIOTHÈQUE NATIONALE · R F

Lui, l'enfant de la chaumière,

Le pauvre déshérité,

Dieu l'a vêtu de lumière,

Et sa place est la première,

Et c'est pour l'éternité !

BIBLIOTHÈQUE NATIONALE · R F

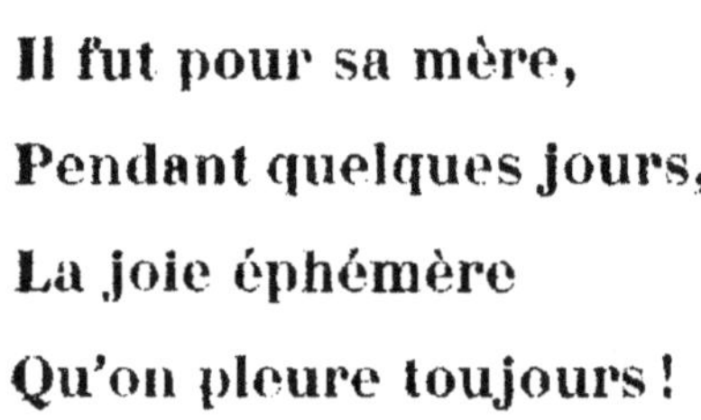

Il fut pour sa mère,

Pendant quelques jours,

La joie éphémère

Qu'on pleure toujours !

BIBLIOTHÈQUE NATIONALE

Il fut (ô souffrance)

Un peu d'espérance

Brillant sur nos jours ;

Telle qu'en l'espace

L'étoile qui passe

Et fuit pour toujours !

Loin de cette terre

Triste, sombre, austère,

Il ne souffre plus !

Nimbé de lumière,

Marie est sa Mère,

Son frère est Jésus !

PETITES FILLES

O ma Fille, ô douce colombe !

Me vois-tu jusqu'au jour qui tombe

Veiller encor sur ce tombeau

Sans compter les heures moroses,

Effeuillant des lis et des roses

Comme jadis sur ton berceau !

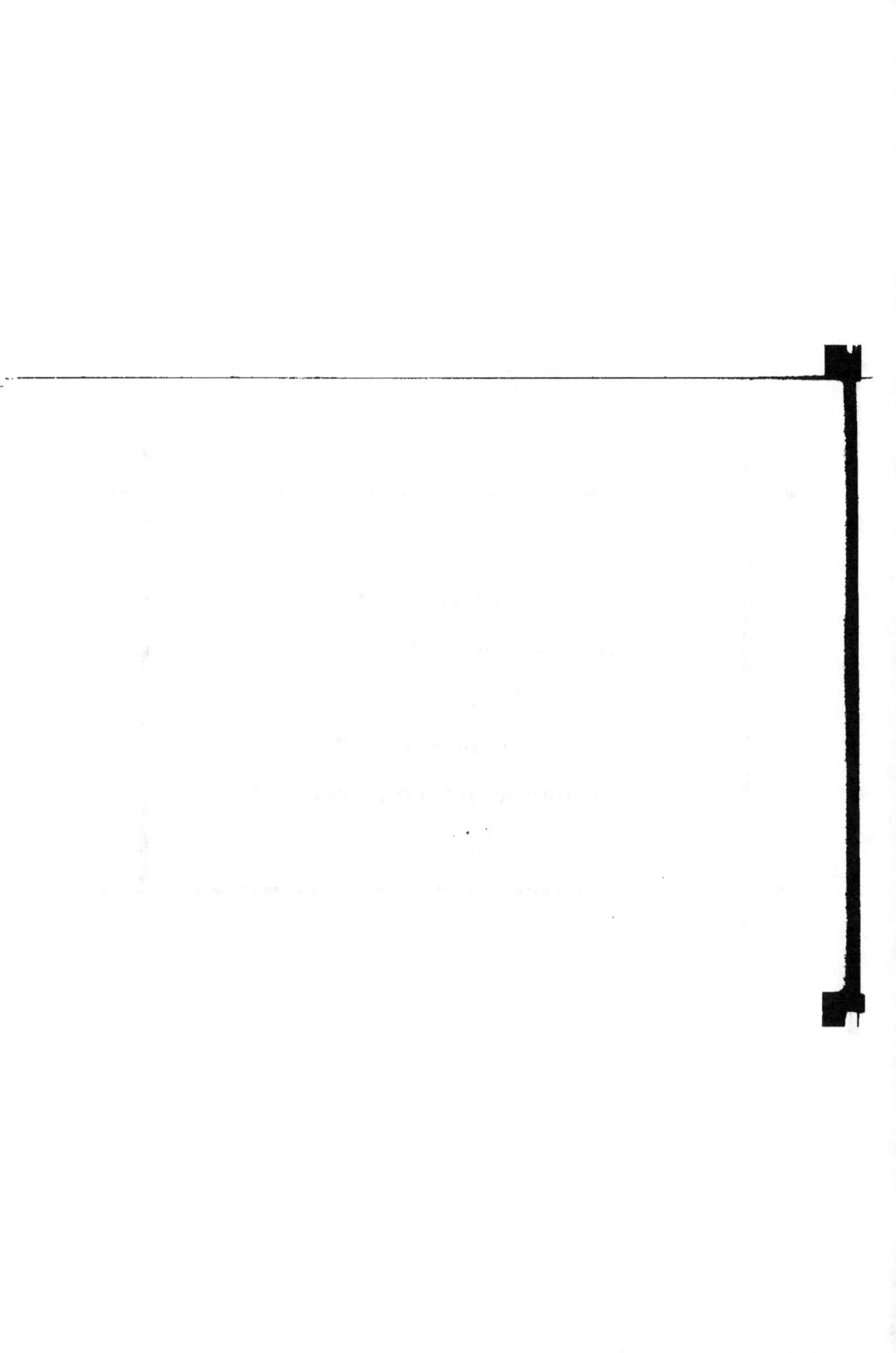

Par tous elle était chérie,

A tous elle a dit adieu !

Notre petite Marie

Est un ange blanc qui prie

Pour nous au fond du ciel bleu !

Ecoute la voix qui te prie,

O Sainte Mère, douce Marie !

Veille sur ma fille à jamais ;

Toi seule en la vie éternelle

Peut me remplacer auprès d'elle

Et l'aimer comme je l'aimais !

O toi dont l'aile légère

Ravit ma fille à la terre !

O toi son ange gardien !

O parle lui de sa mère !

Dis-lui ma douleur amère,

Dis-lui que je l'aimais bien !

Ma Fille, parmi vos anges,

Seigneur ! chante vos louanges.

O pourquoi faut-il, mon Dieu !

Que pour elle tous ces charmes

Soient achetés par mes larmes

Et payés par son adieu !

Sa petite vie étrange
Fut un jour sans lendemain,
Hélas car c'était un ange
Qui se trompait de chemin !

JEUNES GENS

BIBLIOTHÈQUE NATIONALE

Il était la joie éclose

Dans notre logis morose.

Devant lui déjà s'ouvrait

La vie aux horizons roses.

La mort a fait de ces choses :

Néant, douleur et regret !

Hélas ! ici mon fils repose,
Mon fils que je ne dois plus voir !
Tombe morne, calme et morose,
Pourquoi te fermas-tu sans cause
Sur tant de jeunesse et d'espoir !

JEUNES FILLES

BIBLIOTHÈQUE NATIONALE

O ma Fille trop tôt ravie,

Enlevée au seuil de ta vie !

Quand viendra dans la nuit des temps

L'heure du Jugement suprême,

Tu t'éveilleras, toi que j'aime,

Parmi la foule vieille et blême

Dans la gloire de tes vingt ans !

Comme nous cueillons la fleur
Par l'aube pâle arrosée,
Sans souci de la rosée,
Ces larmes de sa douleur ;
Ainsi, dans vos cieux de flammes,
Indifférent à nos pleurs,
O Dieu ! vous cueillez les âmes
Comme nous cueillons les fleurs !

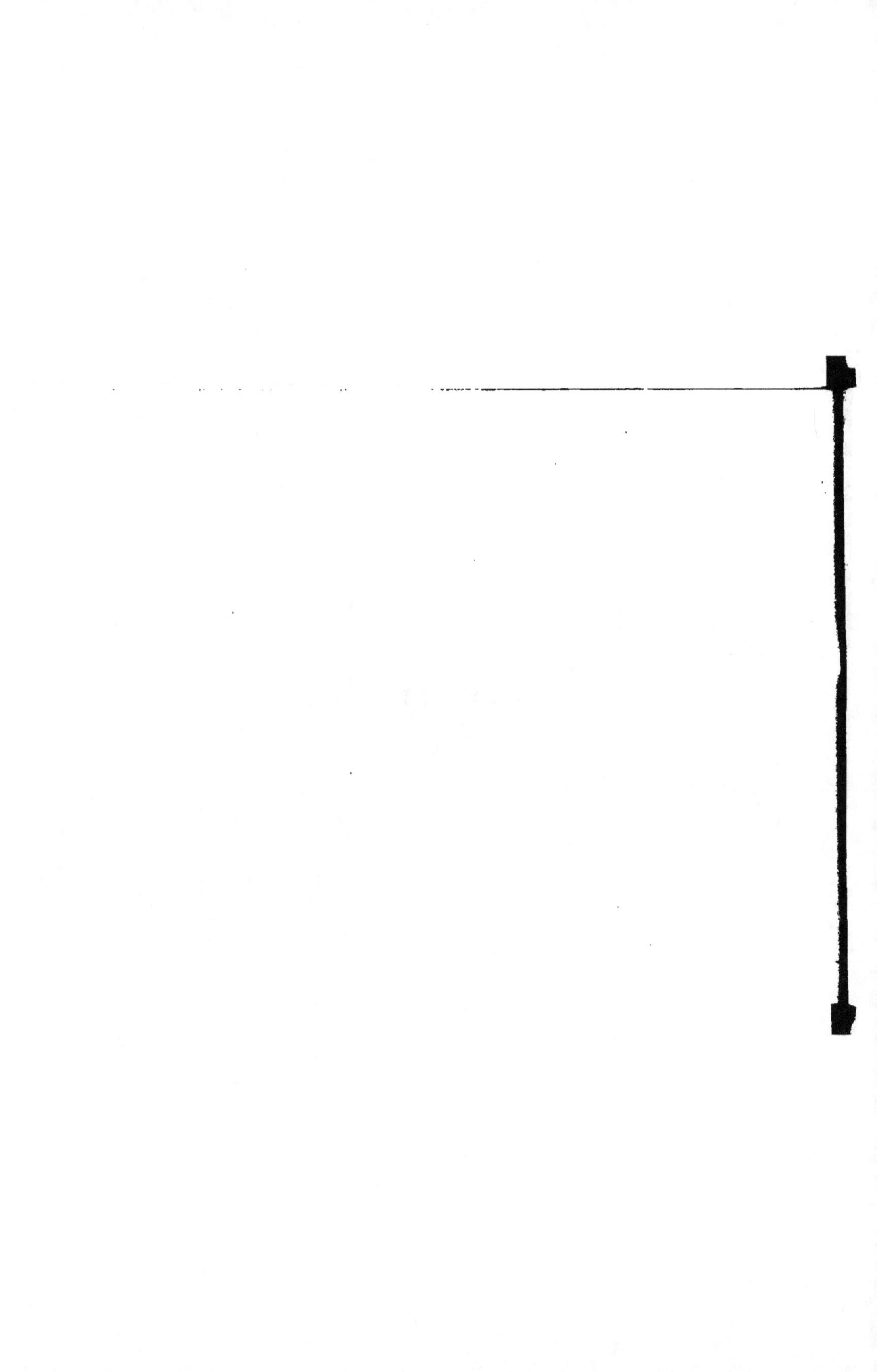

EPOUX.

BIBLIOTHÈQUE

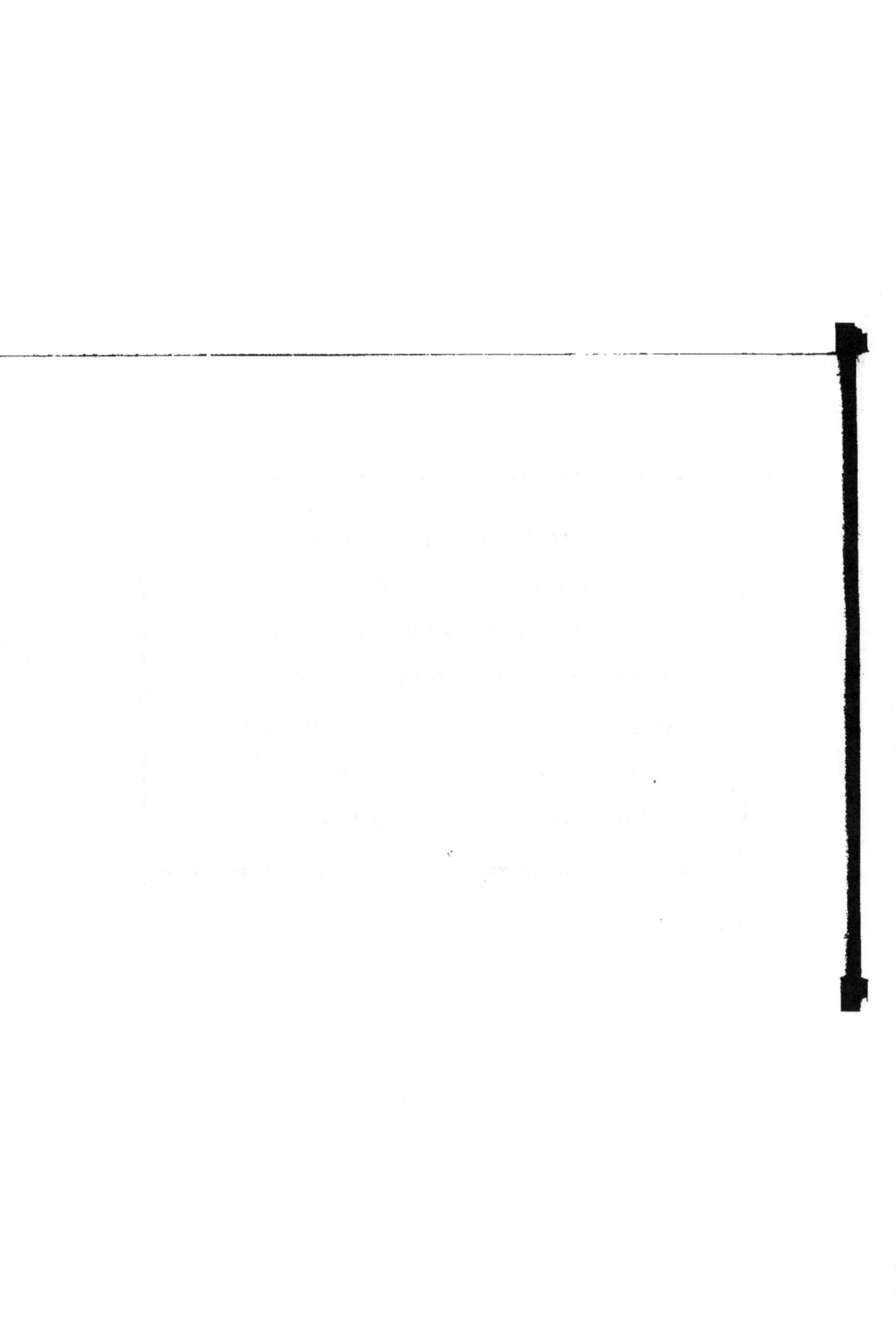

Pour faire belle et parfumée

Ta tombe hélas ! déjà fermée,

O mon Époux ! toi que j'aimais,

J'apporte ici des fleurs écloses

Dans mes voiles noirs et moroses ;

J'apporte des lis et des roses

Dans mes voiles noirs à jamais !

BIBLIOTHÈQUE NATIONALE

Toujours, toujours à tire d'aile
S'enfuit et revient l'hirondelle,
Fleurit la fleur après la fleur,
Passe l'année après l'année !
Toute chose périt, fanée,
Sauf, en mon âme, la douleur !

Je viendrai dans l'aube d'opâle
Tous les jours sur ce marbre pâle,
Sans t'éveiller, ô mon ami !
Poser ma lèvre qui frémit
Comme jadis en notre couche
Je posais doucement ma bouche
Sur ton front encore endormi !

O mon Époux ! O chère cendre !

Quand donc pourrai-je aussi descendre,

Trop lasse enfin des jours comptés,

Dans la nuit de ce mausolée,

Et dormir enfin consolée,

Mon grand sommeil à tes côtés !

O doux Ami tant regretté,

J'apporte dans ma main pieuse

L'immortelle et la scabieuse

Pour faire belle et radieuse

Notre couche d'éternité !

O mon Époux, toi que j'adore !
Au fond du tombeau redouté,
Ah ! dis-moi que l'on s'aime encore
Et que sa nuit est une aurore
De paix, d'amour et de beauté !

EPOUSE.

BIBLIOTHÈQUE NATIONALE

Ci-gît ma femme bien aimée
Qui faisait doux et beaux mes jours ;
Ici mon âme est enfermée
Et mon cœur enfoui pour toujours !

Tes grands yeux bleus ô chère Femme
Etaient le doux ciel où mon âme
Puisait la lumière et la flamme !
Tout est froid et silencieux
En mon âme livide et sombre,
Et mes yeux se sont emplis d'ombre
Depuis que tu fermas tes yeux !

O mon Epouse, qui fus ma joie !

Vois-tu mon regard qui se noie

Dans tous ces astres éclatants

Lorsque la nuit étend ses voiles

Pour chercher parmi les étoiles

La douce étoile où tu m'attends !

BIBLIOTHÈQUE NATIONALE

Triste est la route de la vie
Que l'on achève sombre et seul !
Pour moi tout espoir, toute envie
Dorment, dès lors, dans ton linceul !

BIBLIOTHÈQUE NATIONALE

Pourquoi porter ici mes pas ?
Tout n'est-il pas néant et leurre
Puisqu'à ma voix qui toujours pleure
Sa douce voix ne répond pas !

Chère Épouse, en ce cimetière,

Je viendrai pâle et solitaire

Penser aux beaux jours révolus,

Écoutant cette voix austère

De la brise effleurant la terre

Et qui nous parle avec mystère

De tous ceux qui ne parlent plus !

BIBLIOTHÈQUE NATIONALE

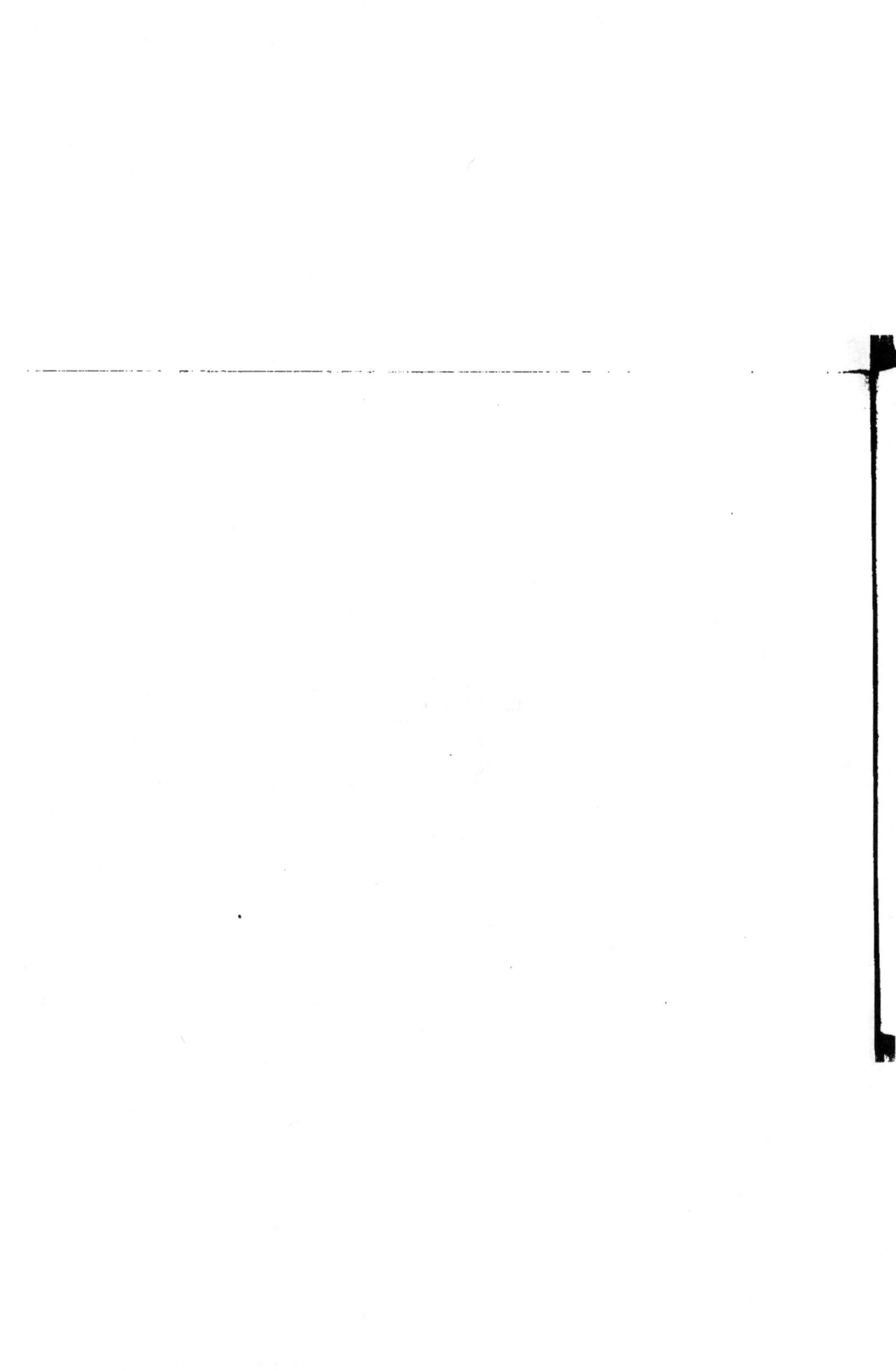

PÈRE

BIBLIOTHÈQUE NATIONALE R F

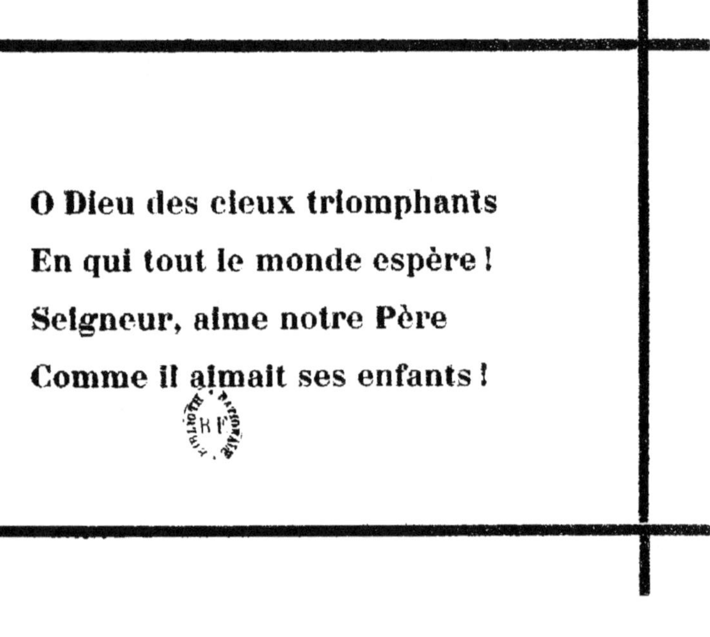

O Dieu des cieux triomphants
En qui tout le monde espère !
Seigneur, aime notre Père
Comme il aimait ses enfants !

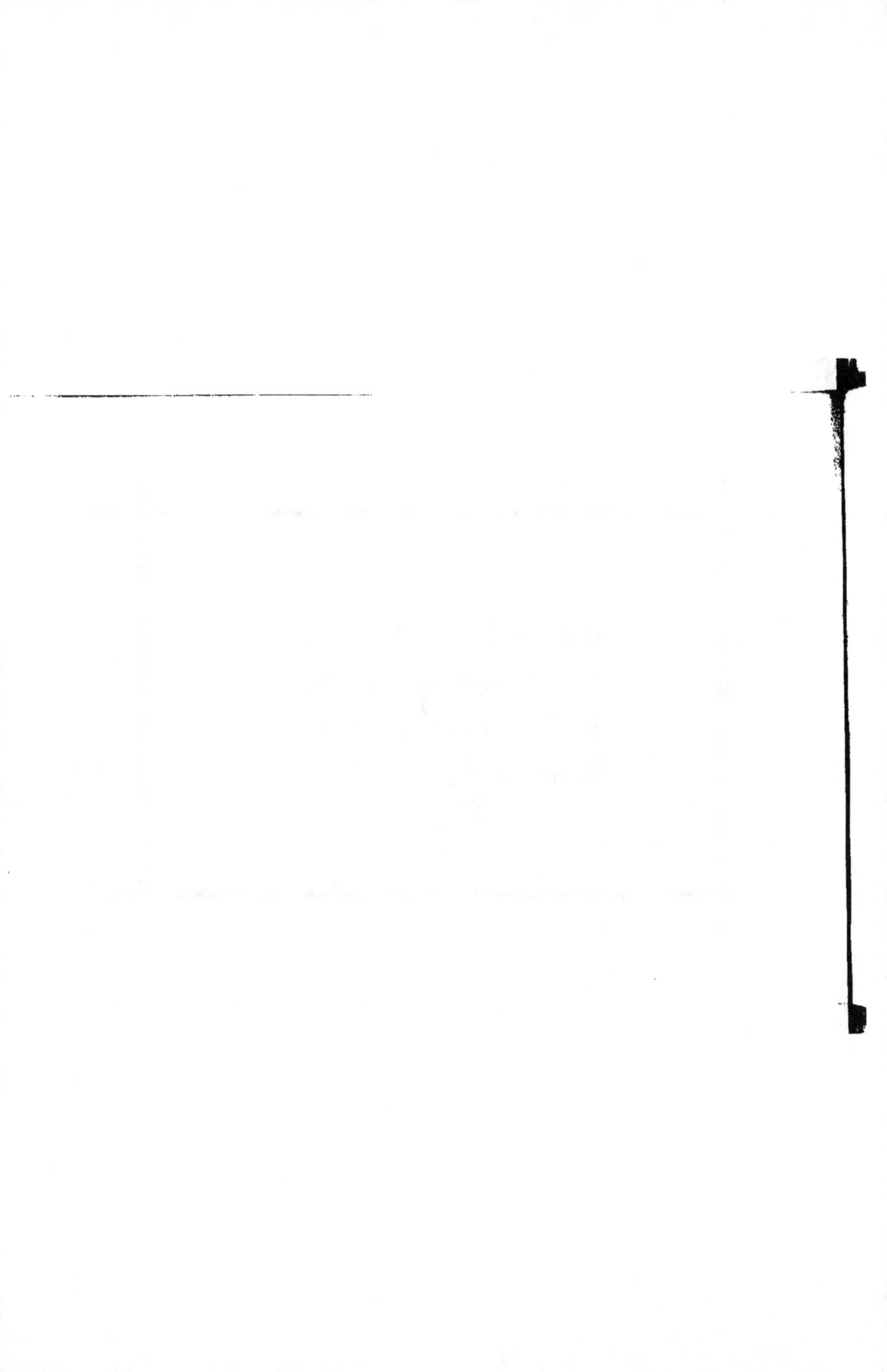

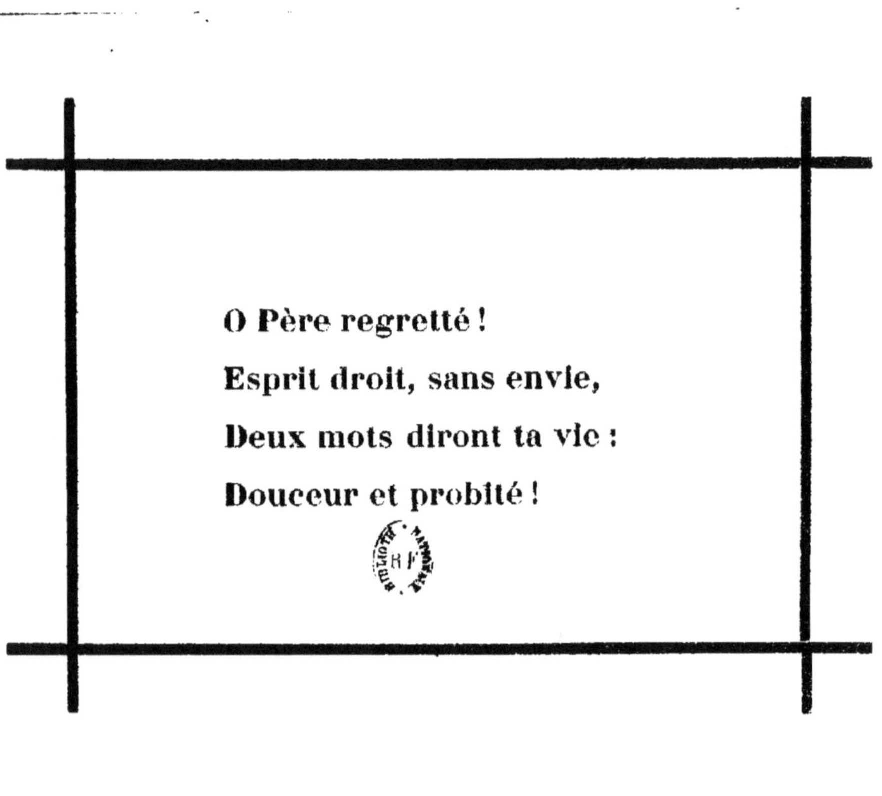
O Père regretté !

Esprit droit, sans envie,

Deux mots diront ta vie :

Douceur et probité !

Dormez en paix sous cette terre,

Car, fidèle dépositaire

Je jure sur votre tombeau

De transmettre, honnête et sévère,

A mes enfants, ce nom, mon père,

Que vous m'avez légué si beau !

BIBLIOTHÈQUE NATIONALE

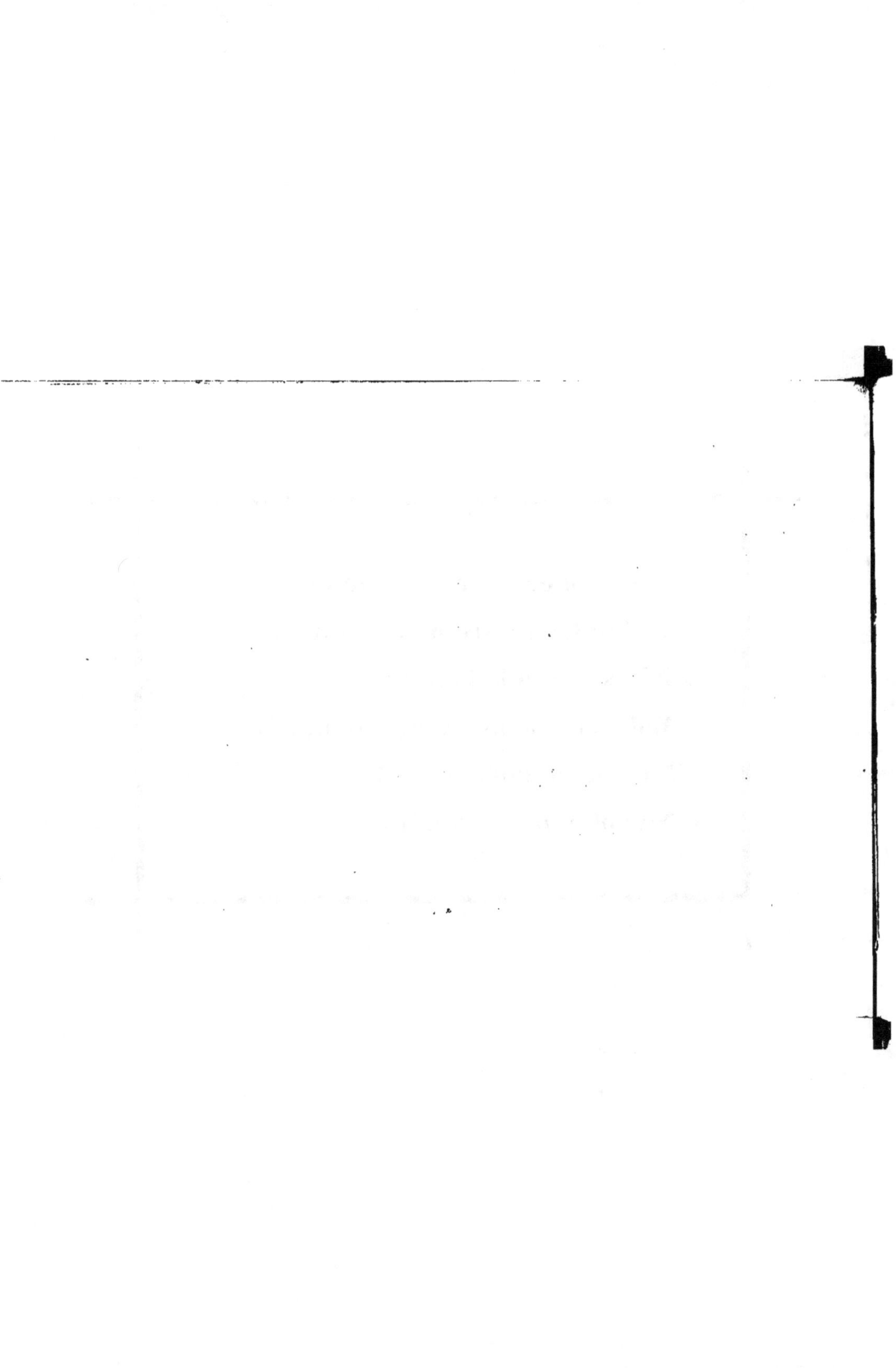

Pour voiler ta pauvre tombe,

La feuille qui tremble et tombe

Hélas ! va déjà jaunir ;

Mais dans mon cœur, ô mon Père !

Pas même une ombre légère

Ne voile ton souvenir !

BIBLIOTHÈQUE NATIONALE

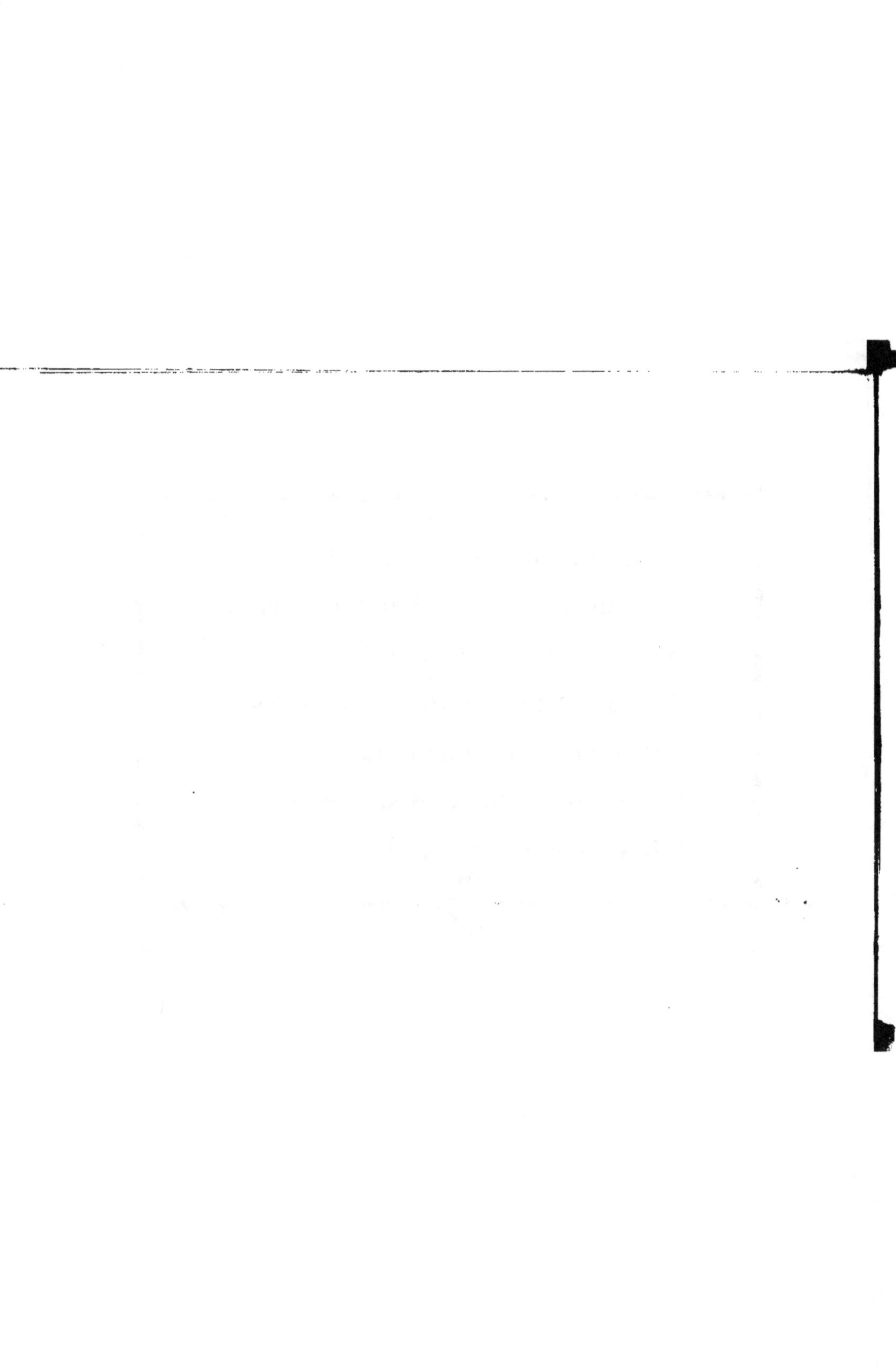

O toi qui chérissais ta fille !

Du fond de ce grand ciel qui brille

Ne vois-tu pas s'épanouir

Sur ta tombe une fleur qui pousse

Parmi la pervenche et la mousse,

Cette fleur si forte et si douce :

L'immortelle du souvenir !

Heureux l'homme d'équité
Qui peut comme toi, mon Père,
Paraître, en quittant la terre,
Le front calme et l'âme fière
Au seuil de l'éternité !

MERE

BIBLIOTHÈQUE NATIONALE

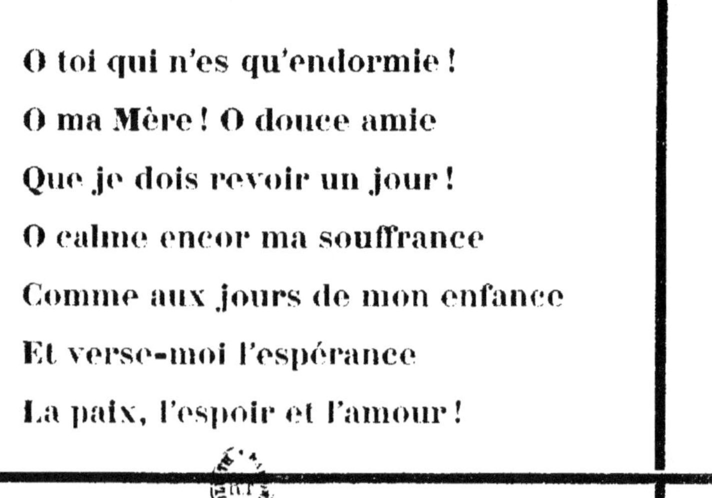

O toi qui n'es qu'endormie !

O ma Mère ! O douce amie

Que je dois revoir un jour !

O calme encor ma souffrance

Comme aux jours de mon enfance

Et verse-moi l'espérance

La paix, l'espoir et l'amour !

N'entends-tu pas, quand la nuit tombe

Monter vers toi, de cette tombe,

Ma prière et mon souvenir,

Et ma voix douloureuse et sombre,

O ma Mère ! évoquer ton ombre

Pour que tu viennes me bénir !

Près de ta tombe, ò ma Mère !

Je tairai ma plainte amère

Et je pleurerai moins fort

Car tu pourrais, ò mystère !

Dans ta tombe solitaire

Te réveiller ò ma Mère

Hélas pour pleurer encor !

O ma Mère ! ô chère cendre !

Je ferai ma voix si tendre

Que la pierre, émue un jour,

Sous mes pleurs voudra se fendre

Et que tu pourras m'entendre

Te dire encor mon amour !

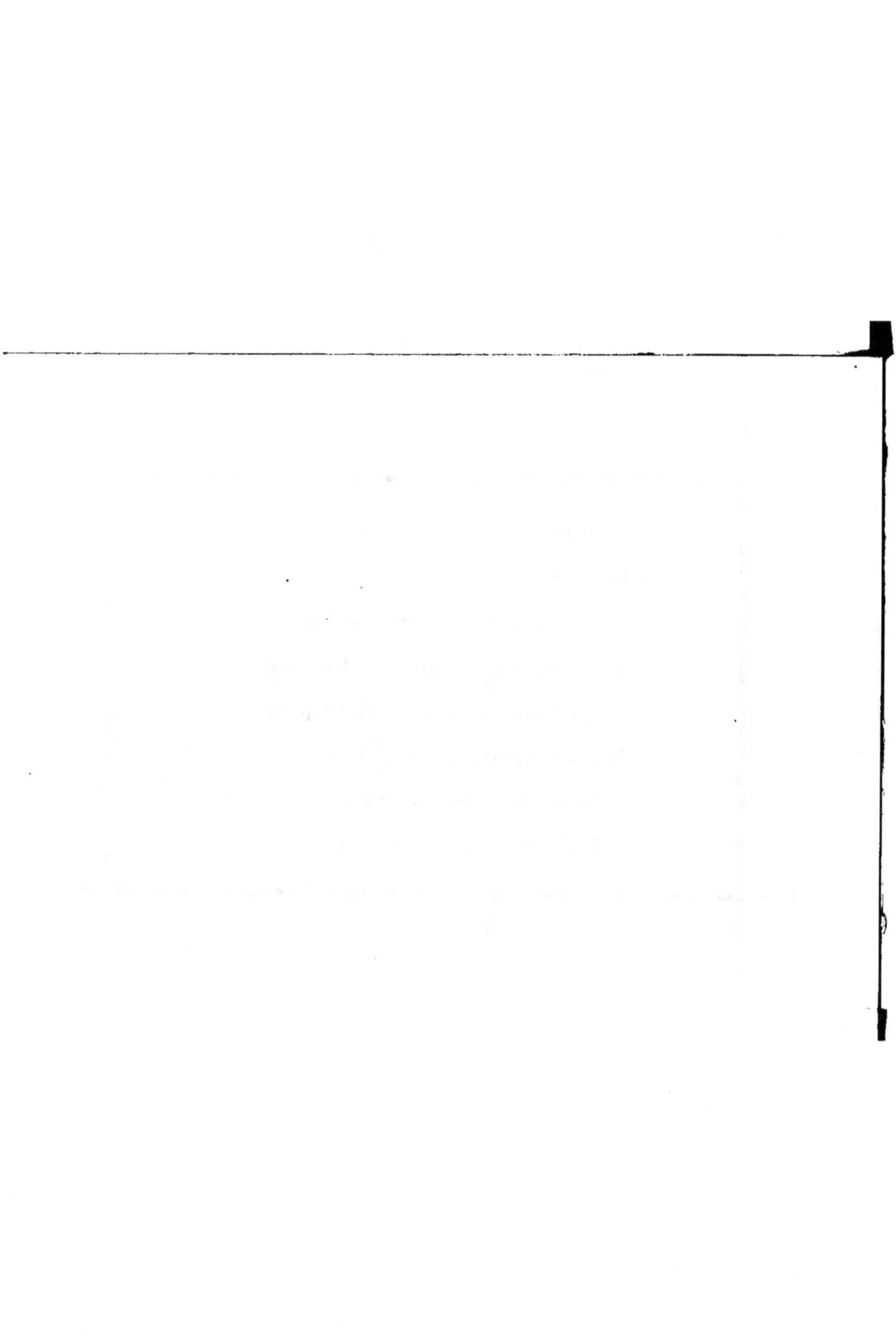

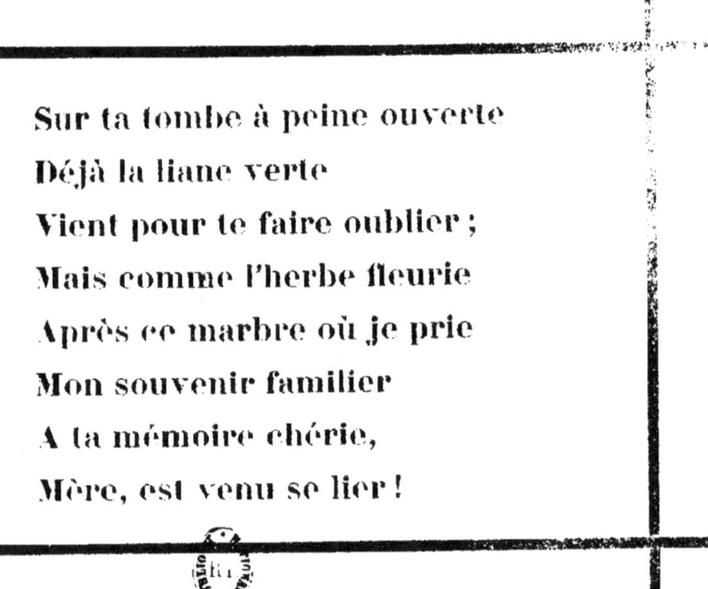

Sur ta tombe à peine ouverte
Déjà la liane verte
Vient pour te faire oublier ;
Mais comme l'herbe fleurie
Après ce marbre où je prie
Mon souvenir familier
A ta mémoire chérie,
Mère, est venu se lier !

Ma Mère dort sous ces fleurs

Hélas ! sa vie éternelle ;

Ah ! ne pleurez pas sur elle,

Mais pleurez sur mes douleurs !

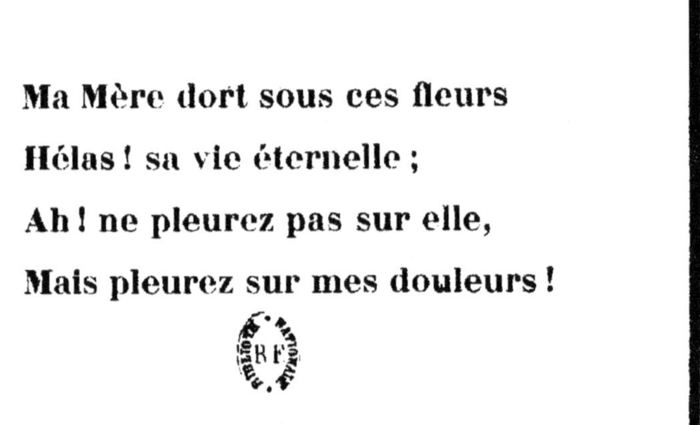

www.ingramcontent.com/pod-product-compliance
Lightning Source LLC
LaVergne TN
LVHW010851240726
843527LV00062B/532